KB092028

사랑 그리고 너에게...

김미경 시집

시음사
시사랑음악사랑

시인의 말

꿈 많던 소녀의
해맑은 미소와
하얀 그리움은 추억이 되어

중년의 아름다운 시간을
이렇게
글 속의
이야기로 가득 채웁니다.

한 장 한 장 행복한
마음을 담아
같이 공감할 수 있는
한 권의 시집을 펴내면서
설레고 조금은 떨리지만

감사한 오늘을 살고
고마운 내일을 맞는
정말 소중한 인연들과
함께 나누고 싶습니다.

시인 · 수필가 김미경

소중한 인연에게···

To _____님께

김미경 시인

2013년 7월 대한문학세계 시 부문 등단

2013년 12월 올해의 시인상 수상

2014년 명인명시 특선시인선 선정

2014년 6월 이달의 시인 선정

2014년 6월 한 줄 시 공모전 동상 수상

2014년 12월 한국문학 발전상 수상

2015년 명인명시 특선시인선 선정

2015년 3월 대한문학세계 수필 부문 등단

2015년 9월 순우리말 글짓기 공모전 동상 수상

사) 창작문학예술인협의회 정회원

　　대한문인협회 경기지회 정회원

e-mail : kim91763303@hanmail.net

삶이 주는 진솔함을 이야기하는 시인 김미경

김미경 시인이 즐겨 쓰는 화두는 〈七情〉을 기본으로 하고 있는 것을 볼 수가 있다. 喜, 怒, 愛, 樂, 哀, 惡, 慾 (희노애락애오욕) 어떤 상대를 애틋하게 그리워하고 열렬히 좋아하는 마음들이 때로는 이기적인 욕망이나 미움으로 인한 슬픈 기억들보다는 사랑이 넘치는 그러면서도 희망을 주는 이야기들이 시인의 화두로 잘 나타나고 있다. 인간과 삶을 기본 바탕으로 하고 있는 인간 내면을 품고, 세상을 보고 세상을 알아야 자연의 아름다움도 볼 수 있다는 것을 잘 보여 주고 있다.

흔히 쓰는 말 중에 인연법 이란 단어가 있다. 사람과 사람의 만남은 애정 관계뿐만 아니라 그 만남이라는 인연들 속에서, 나와 너, 내가 아닌 남, 남이 아닌 나, 그리고 공동체적인 관계 맺음이 있어야만 진정한 인연이 성립된다는 것을 저자는 시적 감각으로 표현하고 있다. 김미경 시인의 첫 번째 시집을 통해 세상의 모든 인연은 무척이나 소중하고 아름답지만, 그로 인해 상처도 받고, 또 그 속에 행복도 있다는 것을 말하고 있다.

김미경 시인의 시집 "사랑 그리고 너에게…"가 시인의 독백이 아닌 독자와 공감할 수 있는 시집으로 전달될 것으로 믿는다. 시인만의 삶에서 벗어나 이제 독자에게도 삶이 주는 가치와 살아 있음을 알려 주는 기회를 준 김미경 시인에게 감사한 마음을 전한다. 첫 시집이 두 번째 세 번째 계속해서 나올 수 있기를 기대하면서 독자들의 사랑을 듬뿍 받기를 바란다.

사단법인 창작문학예술인협의회 이사장 김락호

선물 - 하나

선물 - 둘

선물 - 셋

선물 - 넷

선물 - 다섯

 제1장

그 느낌

마음이 간지럽다

네 입김 때문에

가슴에 날개가 돋는다

너만의 새가 되려고

사랑 그리고 너

하얀 크림 케이크에
촛불은 타고 있는데
홀로 앉은 테이블 너머로
사랑했던 너의 모습을 회상한다

생일 축하 노래를 부르며
서로 주고받던 편지
올가을에는 주인도 없는
너의 생일을 맞이하고 있다

둘도 없는 사랑이라서
지키고 싶은 욕심으로
잘못된 생각과 집착은
오히려 우리를 갈라놓았고

추억만 남은 자리에
지난날 후회는 늦었지만
고맙고 미안해서 오늘은
장미 꽃다발과 편지를 선물한다

사랑 그리고 너에게.

내 인생의 반쪽은

눈물은 쏟아지는 빗속에 감추어 버렸다

그러나 상처로 묻어 둔 아픔은
지우려 할수록 파고드는데
언제쯤 내 반쪽인 가슴이 온전한 하나가 될 수 있을까

길을 걷다 우연히 바라본 하늘은
정말이지 너무 맑아서
외로움을 통째로 삼켜버리고

짐이 된 사랑보다는
운명 같은 인연의 만남을
다시 한 번 꿈을 꿀 수 있게 한다

긴 세월 걸어온 흔적은
서로 다른 무게일지라도
남은 인생 이해와 용서의 손을 잡고

더도 말고 덜도 말고
내 마음을 닮은 그런 사람
그렇게 간절한 사랑을 시작하고 싶다

사랑아

어느 날 지나가는 바람 끝에
눈먼 그리움이 날아와
가슴에 사랑의 꽃을 피웠네

비가 오는 날엔
임을 생각하는 마음
방울방울 눈물이 되고

바람이 부는 날엔
임의 향기를 쫓아가는
조각구름이 되어 흐르고

눈이 오는 날엔
어느새 하얀 눈꽃이 되어
임 어깨에 스미네

사랑아!

내 사랑아
눈먼 그리움의 너울을 쓰고
한 세월을 쫓아가는 내 사랑아

붉은 아픔

파란 하늘가
흰 구름 떠가고
맑은 시냇물 졸졸 흐르는데

마음에
불기둥 하나가
서서 꼼짝없이 하루를 태운다

당신의 그리움도
미움도 우리의 추억까지도

해는 기울고
어둠은 내리는데
잿더미로 내려앉은 가슴에는

아직도
상처 하나가
남아서 별 바다로 흩어진다

사랑아 때로는 쉬어 가자

냇물은 흘러 강으로 가는데
사랑은 흘러서 어디로 가는 것일까?

삶이 지치고 힘들어 사랑마저
감당하기 어려울 때 잠시
쉬었다 가자 뜨거운 내 사랑아!

하루도 빠짐없이 보내는
달콤한 사랑의 안부
고운 미소 지으며
주고받던 긴 대화가 짧아지더라도

서운해하거나 투정 부리지 말고
변심했다고 오해하지도 말고
그냥 그렇게 쉬어가는 법을 배우자

한 번쯤 가슴을 열고
바람처럼 걷고 싶어질 때
혼자만의 여유로운 시간을 내어 주자

사랑아 내 사랑아!
너무 무겁지도 가볍지도 말고
항상 지켜주고 보듬어 가면서
그렇게 아름다운 사랑을 만들어 가자

그리운 이름

하늘은 왜 하늘이고
바다는 왜 바다였을까

난 너의 사랑이 되고
넌 나의 전부인데도

우리는 왜 높은 하늘과
푸른 바다의 그리움이 되어
멀리서 바라만 보는 것일까?

욕망으로 물든 사랑
그늘에 가려진 행복

어쩌면 이룰 수 없는 미련 때문에
어제는 바보가 되고
오늘은
홀로 가는 방랑자가 되어있는가

절대 볼 수 없어서
더 많이 보고 싶은 그런
간절한 노래 애증의 9월
시인을 희롱하는 가을처럼

원색 사랑

빨간 딸기와 토마토는
정열적인 원색 사랑에 빠졌다

너무 많이 닮아서 애틋하고
마음으로 나누는 이야기들은
자기들만이 누리는 특권이다

남들 앞에 드러내기 쑥스럽고
자랑거리는 되지 못할지라도
소중한 추억은 언제까지나 아름답다

음과 음 양과 양끼리 만났지만
태양보다 더 뜨거운 가슴을 열어
안아버린 진실 하나는
이 세상을 살아갈 이유가 되고

외로운 그림자 대화는 이젠
더 필요하지 않기에
달빛 창가에 커튼을 치고 있다

빨간 크리스마스

그리움이 자라서 눈물 나무
한그루 우뚝 섰네.

가슴 깊은 곳에서 싹튼 외로움
방울방울 떨어지는
겨울비 같은 시린 애증과

밤마다 고독을 안은 채
바람도 되지 못하고 구름처럼
떠돌다 지쳐 쓰러진 아픈 영혼

부디 젖은 자리에 눕지 말고
갈잎 베개 이불이라도
잠시 안식처 삼아 쉬어 가려 마

뜨거운 눈물로 얼룩져 버린
빨간 크리스마스이브
흰 눈을 내리는데
눈동자에 어리는 나쁜 놈 얼굴

바람의 소리

가을 언덕길에서 만난 사람
어디를 가는 길이었을까.

물어보지는 않았지만 아마도
바람 소릴 들으며
그리움을 따라가는 길이었겠지

오랜만에 나서는 산책이라
시원하게 뚫린 가슴은
자유로운 설렘을 타고 날아가고

왠지 모를 그 향기
코끝으로 전이되는 찡한 느낌
모두 다 잊은 기억인 줄 알았는데

동그란 추억 속에서 잠이 든
바보는 지난 시간을 잃어버린
건망증 환자가 되어있었네

기다림에 지쳐 동아줄 같은
인연의 끈을 놓아 버린 채
세월에 떠밀려 지금 이 자리에
고목 같은 마른 잎 되어 서 있는 거야

나만의 행복

멀리도 가까이도 아닌
마음 안에 있는 당신은
내가 지치고 힘들 때도
웃게 하는 신비의 마술사.

해가 뜨나 달이 뜨나
언제나 변함없이 그 자리에서
포근한 사랑으로 감싸줍니다

비가 오나 눈이 오나
바람이 불어와도
믿음이 흔들리지 않고

이렇게 많은 시간을
웃을 수 있고
내일의 희망이 있는 건
아마도 당신이 내게 준
행복이란 선물이 있기 때문입니다

아주 특별한 사랑이 되고 싶습니다

조그맣게 빚어서 만든 인형처럼
내 가슴에 쏙 들어오는
당신의 전부를 빚고 싶습니다

언제까지나 영원히 내 품 안에서
나만의 그리움으로 머물러 있는
아주 특별한 선물을 만들고 싶습니다

아지랑이 아물거리는 봄볕에
아름다운 꽃잎으로 피어나는
그런 사랑의 기쁨을 만들고 싶습니다

먼 갈림길에 서서 기다리는
슬픈 기다림이 아니라 평생을
같이 할 수 있는 행복을 만들고 싶습니다

2월의 하얀 사랑

제목 : 2월의 하얀 사랑
시낭송 : 최명자

스마트폰으로 **QR** 코드를 스캔하면 시낭송을 감상할 수 있습니다.

하얀 2월에 옷을 입고
내 앞에 서 있는 당신을
꿈같은 사랑으로 안았습니다

세월이 길을 잃고 헤매이다
바로 이 순간 멈춰 선
자리에 당신과 내가 있습니다

따스한 햇살이 윙크하는 봄 날
맑은 호수의 물같이 잔잔하고
다정한 목소리 향기로운 미소 지으며

새벽이슬 타고 오신 당신은
수많은 별들 중에 유난히 빛나는
사랑의 별이 되어 내 심장으로 꽂혔습니다

봄, 여름, 가을, 겨울이 지나고
또 향긋한 봄이 오는 길목에서 우리는 하나가 되어
오늘 내일 그리고 먼 훗날까지 지금처럼 사랑하겠습니다

기다리게 해서 미안합니다

같은 하늘 아래 있어 줘서 고맙습니다

세상사 모를 일이 너무 많아
지금까지 비워 둔 가슴
이제라도 행복으로 가득 채울 수 있을까요

꿈같이 흘러간 세월
뒤돌아보면 아쉬운 전부라서
해야 할 일도 아직 많지만

인생 노트에 한 줄 한 줄
써 내려가고 있는 나만의 생각 속에
당신을 고이 새겨 넣어도 괜찮을지 묻고 싶습니다

고독한 날갯짓을 멈추고
사무친 그리움을 꺼내어
기다림이란 약속을 준 그대이기에

나이의 무색함을 던져버리고
흰 눈꽃같이 진실하고 다정하게
언제나 변함없는 사랑으로 다가서고 싶습니다

그대여

그대 고운 두 볼에
봄 꽃 같은 화사한 미소를
3월의 향기로 띄우고 싶습니다

그대 고운 두 눈에
은하수 별같이 빛나는
진실한 믿음을 심고 싶습니다

그대 고운 입술에
진달래색 진한 사랑으로
입맞춤하고 싶습니다

그대여!
끝없이 솟아나는
초록빛 그리움이 손짓합니다

오, 그대여

말 없는 등대의 침묵 같은
고요한 당신 가슴을 깨워
간절한 마음 안으로 걸어오소서

사랑의 뜰

사랑의 뜨락에는
조그맣고 앙증맞은
파랑새 한 마리가 날아와
예쁜 꽃씨를 뿌렸습니다

그 꽃씨는 잎과 싹을 틔우고
가지각색 조화로운 색깔로 피어나더니
꽃들의 천국을 만들었지요

달콤한 커피 한 잔의 여유와
소중한 추억의 노래를 들으며
소파에 걸터앉은 오후입니다.

오늘도 사랑의 뜨락에서
아름답고 행복한 미소로
고운 꽃잎의 대화를 나누고 싶습니다

이렇게 좋은 날 그대는
무슨 생각에 잠겨 계시나요?

좀 더 가까이 다가와서
부드럽게 손짓하세요

반가운 마중은 나갈게요

아름다운 자리에서 만나고 싶습니다

잠시 소풍 나온 인생길에서
우연히 만난 자리가 서툴러
이별의 아픔이 되고

사랑인지 그리움인지
지나간 추억이 된 사람은
먼 기억으로 흩어집니다

가는 세월을 헤아리며
그 모든 것이 희미해지는
하루해가 또 저물어가고

멀리서 고운 듯 손짓하는 임이
누군지를 몰라서 미안하지만

남은 내 전부라도 괜찮다면
아직 남아 있을 순수한 빛깔과
고운 마음의 색깔로 다가서고 싶습니다

나는요

나는요
백송이 장미와 화려하고 예쁜 옷 선물보다
너만을 사랑해라고 속삭이는 당신의 말 한마디가
내 마음을 녹게 하는 솜사탕같이 달콤합니다

나는요
빛나는 보석 명품 가방 럭셔리한 파티보다는
당신과 깍지 손을 끼고 바다 향기 그윽한
가을 사이를 걷고 싶습니다

나는요
비가 오나 눈이 오나 바람 부는 날에도
당신의 따스한 입김으로 내 가슴은
촉촉이 젖어듭니다

정말 나는요
이 세상 어떤 것보다도 바꿀 수 없는
우리 둘만의 사랑 그 소중한 사랑 하나만으로
충분히 행복합니다

당신이 있어 행복합니다

희망이 뜨는 아침 창가에
밝은 햇살의 미소가
나를 오라 반가운 손짓을 합니다

오늘도 행복한 가슴을 열어
하루를 시작할 수 있는 것은
고마운 당신이 있기 때문입니다

포근한 당신의 얼굴을 닮은
둥근 달이 뜨는 저녁에도
변함없이 그리움은 넘실댑니다

이렇게 수많은 밤과 낮이 바뀌어
봄바람에 설레고
가을 그 쓸쓸함이 찾아와도
여전히 내겐 당신이 있어 행복합니다

별 하나의 꿈

어느 별에서 왔을까.

곰곰이 생각해 봐도
우연이라기보다는 전생에
미리 정해진 운명이었나 봅니다

어느 순간 날 부르는 소리에
잠 깨어 돌아보니
지금의 당신이 있네요

오랜 시간 세월을 넘어서
때로는 비를 맞고 눈보라 헤치며
여기까지 온 우리입니다

힘겨웠던 날의 기억은 내려놓고
죽는 날까지 사랑과 믿음으로
가슴에서 빛나는
당신만의 별이 되고 싶습니다

조용한 이별

나. 가거든 그대
너무 힘들다 말하지 마세요

나. 가거든 그대
지난날 잘못했다 후회하지 마세요

나. 가거든 그대
정말 슬픈 눈물 흘리지 마세요

그대. 떠나거든
나 너무 힘들어하지 않을게요

그대. 떠나거든
나 지난 세월 후회하지 않을게요

그대. 떠나거든
나 정말 슬피 울지 않을게요

그리고 왜냐고 묻지 않을게요
그대 또한 묻지 마세요

충분히 힘들었을 우리들의 안녕을
위하여 축배를 들어요

어디쯤 계십니까

음악을 들으며 차 한 잔의 여유를
같이 나누고 싶은 날
그대는 지금 어디쯤 계십니까

한적한 공원에 앉아
많은 이야기를 나누고 싶은 날
그대는 지금 어디쯤 계십니까

시원한 바람이 나를 불러
강둑을 거닐고 싶은 날
그대는 지금 어디쯤 계십니까

숙명같이 불러 보고 싶은 이름
아무도 모르게 열린 가슴속으로
조용히 다가와 줄 것만 같은
그대는 정말 어디에 계십니까

아름다운 삶의 동행

내 마음 빈자리에
사랑이라는 이름표를 달고
어느 햇살 좋은 봄날
당신은 곱게도 자리를 잡았습니다

만남의 시간은 행복이라는
꿈을 심어 주었고
그 꿈은 자라서 어느덧
우리는 하나가 되었습니다

눈부신 창가에 피어난
소박하고 탐스러운 박꽃처럼
당신과 나의 가슴속에는
희망찬 미래가 숨을 쉽니다

아름다운 삶의 동행이 되고
인생의 동반자가 되어
이렇게 걸어가는 지금은
세상에서 가장 소중한 인연이 되었습니다

처음 그 날처럼

화사한 4월의 봄 어느 날
당신은 노란 산수유 닮은 미소로
싱그런 꽃내음 가득 안고서
나를 찾아오신 그날입니다

눈부신 사랑의 향기는
보이는 모두가 아름답고
신비롭게 설렌 가슴은
날마다 새로운 행복 그 자체였습니다

하루 24시간이 모자란 우리 사랑은
끝없이 펼쳐지는 꿈같은 이야기로
여백도 없이 빼곡 빼곡 쌓여져 가고

먼. 훗날의 약속으로 하얗게 밤을 지새우고
그래도 헤어지기가 아쉬워
그리움으로 내일을 기약했었지요

흐르는 시간과 아픈 세월은
시기와 질투로 서로를 외면했지만
여전히 그 마음 사랑 그대로
나 여기에 서 있습니다

그리운 당신
한 번쯤 뒤돌아봐주세요
다정한 눈빛 사랑했던 날들
처음 만난 그날처럼.

내겐 이런 사람이 있습니다

빗물에 젖어 떨고 있는 가슴
넉넉하고 따스한 품 열어 안아준 사람

지치고 힘들어 쓰러진 몸
조용히 다가와서 일으켜 세워주던 사람

때론. 지나가는 바람처럼 쌀쌀하게
다정한 얼굴 멀리하며 고갤 숙일 때에도
묵묵히 제 자리를 지키며 서 있던 사람

내 몸짓 눈빛만 봐도
기쁨의 눈물 흘리며 세상 전부로 알고
살아온 가여운 내 사람

이젠 울지 마세요

그 긴 세월 가시로 박힌 아픈 심정
홀로 쓸어내리며 말없이 지켜주던
사랑을 이제야 알 것 같습니다

그런 당신을 잠시 잊고 살았습니다
조금만 기다려주세요
뜨거운 가슴 열어 다시 찾아갈게요

참아줘서 고맙고
지켜줘서 감사합니다
그리고 정말 미안합니다

내 생의 마지막은 두 손 꼭 잡고
당신과 함께 걸어가고 싶습니다

긴 독백

이 가을 당신 생각으로
간지러운 마음은 다시
풍선처럼 부풀어 오릅니다

숨바꼭질하는 시간은 봄을
지나서 초겨울 무렵을
서성이지만 기다림은 여전하고

터질 듯 번져오는 그리움 하나
단풍도 져버린 앙상한 나뭇가지는
내 마음을 닮은 허수아비 같습니다

행복했던 사랑은 잠시였지만
뜨겁게 불타던 밤은
가슴 언저리에 생채기로 돋아나고

이별로 수놓았던 눈물 자국도
말라버린 우물이 되었지만
두고두고 남아있는 정다운 모습
다정한 목소리는 세월도 지우지 못합니다

우연이라도 만날 것 같은 예감 때문에
오늘도 집을 나서며 맞는
긴 마중은 바람으로 흩어집니다

제2장

운명

너는 가랑비

나는 이슬비

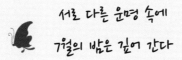
서로 다른 운명 속에

겨울의 밤은 깊어 간다

화요일에 비가 내리면

한참을 울던 하늘이
눈물을 뚝 그치고
환한 웃음을 짓는데

널 보고 싶은 마음은
어제부터 열이 나더니
끝내 이불을 쓴 채 눕고 말았다

바람이 불던 창가에
나비 한 쌍은 다정하게도
입맞춤 사랑을 속삭이는데

널 기다리는 가슴은
왜 이렇게 허전한지
먹어도 먹어도 배가 고프다

매일매일 주고받던 편지
전화벨 소리가
환청같이 들려올 때면

노란 우산을 쓰고
화요일에 비를 맞으며 걷는
길 위로 추억이 흐른다

회상

꽃 비가 내립니다.

무던히도 참았던 울먹인 가슴 앓이로
눈 녹은 들판에 꽃 비가 내립니다

하염없이 내리는 빗줄기 사이로
다소곳이 얼굴을 내민 꽃잎의 미소
이슬 먹은 새싹 맑은 눈동자는
새로운 내일의 희망을 노래 부르며
나지막이 속삭이듯 춤을 춥니다

은은하고 온유한 내 임 숨결 같은
꽃 비가 내립니다

눈을 감고 더듬어 보아도
다정하고 부드러운 입술 그 향기는
뜨거운 심장 위로 끝없고 한없이
밤하늘 별빛처럼 쏟아져 내립니다

가을비 그 어느 날

9월의 슬픈 눈망울을 깜박이며
저 하늘은 무엇이 그리도 슬픈지
풀 섶에 외로운 갈대 바람 일어
굵은 빗방울로 떨어지는가.

조용히 기다리고 서 있는
키 작은 노란 우산을 받쳐 들고
마음은 벌써 거리로 나서고 싶은
충동이 느껴집니다

하늘은 슬프면 온 대지를 촉촉이 적시며
실컷 울어나 보시지만
이 가슴에는 어떤 아픔이 자리하고 있기에
바보같이 흐느끼며 울고 있는지

그것도 알 리 없는 무심한 새벽은
저녁을 안고 또 이렇게 하루가 지나갑니다

낙엽이 지는 길

한 잎 두 잎 떨어지는 가을 잎
그리움 한 방울 아쉬움 한 방울이
또르르 굴러간다

차가운 바람이 지나가는 길목
나뭇가지 끝에 고독과
외로움이 주렁주렁 매달린 채

흔들리는 밤은 이렇게 깊어가고
주마등처럼 스치는 옛 생각에
동이 터오는 새벽이슬을 마시고 있다

까마득히 잊은 기억인 줄 알았는데
마음속 작은 불씨로 남아
중년을 활화산처럼 뜨겁게 달구는 파편들!

마른 나뭇잎 부서지는 소리를 닮은
나의 어느 날이 너무 슬퍼서
감아버린 눈을 뜨기가 두렵기만 한데

이렇게 흘러가는 우리 인생은
그 끝이 어딘지도 모른 채
달리는 시간 열차를 타고 멀어져 간다

사랑은 그리움

사랑의 그리움이
머무는 시간은 얼마쯤일까?

알 수 없는 많은 생각이
끝없이 펼쳐지는 창밖으로
함박눈이 소복이 쌓인다

바람에 소식 전하려나
구름에 안부 넣으려나
기다리고 그리워하다가 그만
머리 위에도 하얀 눈꽃이 피었네

비가 오면 젖은 채로
눈이 오거나 바람 불어도
그저 기다림에 익숙해져 버린
생의 아름다운 날들이여!

그렇게 쉬어 가거라
사랑도 추억도 그리움까지도
넉넉한 내 안의 기억 속에서!

약속

그대를 향한 사랑은
밤이 새도록 촛불처럼
간절한 기다림으로 타오르는데

잊지 말자고 하던 약속 그 말
이젠 바람에 날아가
다른 꽃잎 위에서 흔들리네

한순간 믿음은 꺾어져
영원히 건널 수 없는 이별의 강
눈물이 되어 흐르는데

두고두고 가슴에 새겨진
그 이름 하나
세월을 따라 그리움 따라
무지개 언덕 너머로 흩어질 때

기나긴 겨울이 지나고
따스한 봄이 돌아오면 아마도
그대 마음속 한자리에서
추억의 꽃 한 송이 피어나겠지.

마음아 가슴아 내 생각들아

마음아! 눕지 말고 일어나 춤을 추어라
지치고 힘든 손은 내가 잡아 줄게

가슴아! 너도 비에 젖지 않게
우산을 쓰고 걸어 나와 넓은 생각들을 안고
나에게 다시 와줄래

밤을 꼬박 새우고 출타 중하고 나가더니
서로 의논을 했는지 지금 도착을 해서
초인종을 누르며 질서도 없이 빨리 들어오려고
야단법석이 났구나

주소와 비밀번호도 잊지 않고
기억을 하여 다시 와줘서 고맙고

잠시 떨어져 있었던 시간이 소중하기에
나는 현관문 열쇠와 비밀번호도 통째로 바꾸어 버렸다

다시는 나가지 못하게.

9월의 여인아

그리움으로 물든 길을 걷노라면
그대는 꽃향기 가득 안고서
마음의 길을 따라 살포시 걸어옵니다

고요한 바람은 산 아래 머물고
기다림의 흔적은 추억으로 익어갈 때
여름 철새는 갈잎을 타고
어디론가 쓸쓸히 날아만 가는데

하늘 문을 열고 바라보던
조각구름은 추억을 타고
서쪽으로 흘러갑니다

눈망울에 아롱지는 사랑의 진실
행복했던 시간은
짙은 노을 빛으로 잠이 들고

인생 왔다 가는 길은 다르지만
소박한 정이 묻어나는 계절
청명한 9월의 옷을
입고 멀어져 가는 가을 여인입니다

여류 시인의 독백

제목 : 여류 시인의 독백
시낭송 : 김지원
스마트폰으로 QR 코드를 스캔하면 시낭송을 감상할 수 있습니다.

하얀 달빛 눈물을 보았는가?

쓰르라미 울어대는 밤
마치 강가에 비추는 하늘은
안개를 덮고 있는 것처럼 슬퍼 보였다

시간 속에서 분실된 나만의 시어를 찾아
두리번거리면서 푸른 들길을 걷기도 하고
낙엽송 아래 누워도 보았다

쉴 새 없이 되뇌는 사랑과 이별
슬픈 눈물 바람 같은 그리움과 외로움이
중복되는 글은 오늘도 어김없이 내 손을 잡는다

달님과 은하수 사이를 수놓은
상상의 나래는 이리저리 비틀대다
어두운 창가에 기대어 눕고

끝없이 펼쳐지는 꽃씨 같은 이야기
그 속에서 창작과 예술의 조화는
흰 구름처럼 뭉글대다 흩어진다

여류 시인의 허기진 가슴은
목마른 나그네 목젖이 타듯
그렇게 밤새워 시를 그리워하다
아침 햇살을 머리에 이고 노트를 덮는다

꽃 마중을 오세요

아파도 참고 슬퍼도 참고
무조건 참으면
되는 줄 알았어요

외롭고 그리워도
그냥 참았지만
이젠 보고 싶다 말할게요

눈을 떠도 감아도
당신밖에 안 보이니까요

너무 사랑했지만 닫고
살아야만 했던 마음이
높은 하늘 푸른 바다로
날아가고 싶다고 힘찬
날갯짓을 하는데

아침부터
밖에는 비가 내립니다

넓은 가슴으로
우산이 되어
마중을 해 주세요

내가 다가설 수 있게.

비가

빗줄기 사이로
추억이 젖어드는 밤.

어디선가 들려오는
휘파람 소리
바람마저도 슬픔에 젖습니다

그대 저 빗소리 들리시나요?

어떤 눈물일까요
사랑 잃은 달의 눈물
아니면 우리 마음의 눈물일까요

캄캄한 적막 속에
눈물 같은 빗방울은 그칠 줄도
모르고 새벽까지 내립니다

이렇게 비가 내리는 날이면
작은 어깨 감싸주던
따스한 품이 너무나도 그리워

조용히 불러 보는
그 이름 석 자
뜨거운 영혼으로 남아 있습니다

가을, 그 쓸쓸한 계절

슬피 울었네
추억이 쏟아지던 밤.

새벽까지
짙은 그리움이
배어 나오는 고독을
벌컥벌컥 마셔야만 했다

그 간절함은
젖은 달빛을 타고
작은 어깨를 비추는데

멀지도 않은 거리
그러나 붙잡을 수 없는
하얀 그림자를 쫓고 있다

가을, 그 쓸쓸한 계절을 따라!

그놈 목소리

간다는 말도 없이
급히 돌아서는 발길
초라한 마중을 하고

덧없이 걷는 마음 안에
둘만의 이야기 남아서
밀려드는 여운의 목소리

부드럽고 다정하게
세상에서
오로지 나 하나뿐이라던
바로 그놈 목소리

이렇게 그냥 갈 거면서
타인처럼 냉정한 얼굴로
미련 없이 돌아설 거면서

사랑은 무슨 사랑!

비와 그리움

당신과 거닐던
추억의 거리를 아무도
모르게 혼자 다녀왔어요

우린 음악이 흐르는 카페에서
한 잔의 커피 향 낭만에 취해
다정한 목소리로 속삭였지요

세상이 끝나도 우리 약속
그 맹세 변치 말고 영원하자고.

세월은 흐르고 또 흘러
사춘기 소녀같이 수줍던
가슴은 마른나무 가지처럼

빨간 여자의 향기도 없어지고
투정 많은 제2의 사춘기를 맞아
힘든 하루하루를 맞이합니다

그날처럼 하얀 우산을 쓰고
빗소리에 젖어들며
앉은 자리는 그대로인데

긴 머리에 휘감겨오는 그리움은
못내 발길을 돌리게 했습니다

묻고 싶습니다
건강하게 잘 있는지!

꼭 하고 싶은 한마디는
외롭지 말고 행복하세요

떨어져 있지만 같은 하늘 아래서
잔잔한 숨결 뜨거운 심장 소리는
여전히 마음으로 느껴져 오니까요

누구라도

시도 때도 없이 바람처럼
그대에게 가고 싶은
나의 간절함이 모여 앉아
오늘은 하늘의 구름이 부럽다

저 구름을 타고 끝없이
가다가다 보면 어디로
어디쯤으로 흘러가고 있을까?

애 터지게 보고 싶어서
결국 한숨에 얼굴을 묻고
이름만 부르다가 하루해가 저물지만

이렇게 바람이든 구름이든
내 편이 되어 주는
친구라도 있었으면 좋겠다

그 가을이 좋았네

그대 그리움은
하얀 눈물별이 되어
우수수 떨어집니다

사랑 노래
메아리가 되어
새벽이슬 꽃잎에 맺히고

보름달 같은
환한 미소는 여린
풀잎 사이로 젖어듭니다

싱그런 아침 햇살이
창문 틈으로 내려앉아
두 볼에 입맞춤할 때

재잘대는 새소리는
다정한 그대
목소리로 가슴 와 닿습니다

이렇게 좋은 가을날.

왜 하필이면
그대 사랑했던 추억은
아쉬움의 흔적으로
빗물이 되어 흘러갑니다

그 어느 날

배부른 하품을 하며
하루를 잡고 노는 붉은 태양
그 모습을 바라보는
들녘에 허수아비가 애처롭다

저녁나절 노을은
내일의 기상을 위해
바쁜 걸음을 재촉하면서
저 산 너머로 몸을 누이고

소중하게 약속된 오늘은
우리에게 주어진 시간을
다 내어 주고도 아쉬운 듯
밤하늘 친구들과 속삭임을 나누는데

알알이 영글어가는 나의 계절
7월의 어느 날은
이렇게 곤히 잠이 든다

가을아

무르익어가는 10월 단풍은
가지마다 방울방울
싱그런 사랑이 맺힌다

목마른 갈대는
단비를 갈망하고
흔들리는 바람은
하늘 끝을 서성인다

한 잎 두 잎 떨어지는
낙엽의 속삭임
다정한 이야기 같은 가을아!

혹시 너는 들었니?

얼마나 깊고 외로운
쓸쓸함이 쌓여서
가을밤 추억 전설이 되었는지

10월의 강

어둠이 내려앉은 강물을 바라보며
시계추 흔들리듯 내 마음도 흔들흔들

낙엽 지는 계절을 닮아오는
당신의 소리를 따라 걷습니다

아득히 멀리서 고운 손짓으로 불러보지만
질서 없이 달려오는 게으른 마음이
훼방을 놓고 가네요

어디만큼 왔을까
아무도 모르는 너의 생각 너머로
빈 술잔 들어 건배하며

새벽이슬로도 피어나지 못하고
굵은 빗방울이 되어 맞이하는 아침입니다

10월이 오면

하루에도
몇 번씩 널뛰기
하는 마음을 달래면서

해바라기 하는
뻥 뚫린 가슴은
그대를 원하고 있습니다

산과 들에는
가을이 익어가고
우리의 사랑도 색깔
옷을 입은 가을을 닮아서

초록 물이
뚝뚝 떨어지는
10월이 오면 그리움도
두 배가 되어가는 것 같습니다

누군가 못 견디게
보고 싶어지는 날이면
추억까지도 단풍이 들어
울긋불긋 곱게 되살아납니다

가을 세레나데

하늘은 파랗게 물든 옷을 입고
산은 초록빛 나뭇잎 새 바람 일어
곤히 잠든 하루를 깨운다

맑은 바다 내음 마시며
투명한 햇살이 얼굴을 내밀 때
눈부신 너의 미소가 싱그러운 아침
우리는 같은 향기를 마시며 걷는다

가을을 노래하는 갈대 춤사위
무지개 사랑으로 수놓은 단풍은
가지마다 행복이 흔들리고
치맛자락에 스미는 저녁노을은 탄다

깍지 손 사이로 숨 가쁘게
뜨거운 입맞춤 포옹하며
참 예쁜 사랑을 갖고 싶다

아주 멋진 음악에 취하고 싶다

가을이 오기 전에

바람이 부는 산길 따라
행복도 같이 걸어가는
한여름 밤의 꿈

고목나무에 매미 소리는
우는 걸까? 웃는 걸까
아마도 서로를 부르는
숲 속 노래자랑일 거야!

당신과 나는 계곡에서
선녀와 나무꾼 되어
물놀이에 즐겁고
바라보는 눈동자에 넘치는 사랑

이런저런 이야기로
하루해가 저물어도
아직도 못다 한 우리들의
달콤한 사랑놀이는 이어지고

세상에서 가장 아름답고 예쁜
너만을 사랑한다는 말
가을이 오기 전에
간지러운 귓가에 속삭이고 싶다

은빛 사랑의 약속

고운 이슬이 기지개를 켜고
일어나는 아침부터
추억을 타고 오는 갈바람

넌 어디서 왔니?

길섶에 홀로 핀
외로운 꽃송이가
너를 반겨 노는구나

투명한 햇살은
연실 함박웃음으로
길을 열어 임의 소식을 전하고

마음은 푸른 창공을 향해
큰 소리로 외치며 손을
뻗어 부르고 싶어진단다

하지만 임의 생각이 어디쯤
머물러 있는지도 잘 모르면서
자꾸만 보고 싶다고 우는 가슴을
진정시키느라 바쁘기만 하구나!

바다를 가르는 정열적인 사랑으로
거닐던 백사장은 여전히
은빛 옷을 입고 기다리는데

자그만 돌멩이에 새긴 약속의 문신이
지워지기 전에 다시 볼 수
있을지 한번 물어봐도 되겠니?

노을 빛으로 저물어가는 물결 위를
잔잔하게 걸어올 것만 같은 환상의 밤은
뜻이 없는 임의 안부를 전한다

추억의 작은 별

사랑은 멀어지고
아픔이 우는 소리에
거꾸로 가는 시곗바늘처럼

스치는 바람에도
혹여 임의 소리인 양
진땀 흘린 가슴은 벌떡 깨어난다

다정했던 미소
행복했던 시간
나를 두고 세상 전부라며
꽃으로 알고 향기 맡던 사랑

코끝 시린
겨울 찬바람에도
동녘에 해 떠올때까지

차가운 손 녹여주며
거침없이 주던 사랑.

어느덧 지나간 정이 되어
작은 별들의 노랫소릴
벗 삼아 밤새워 글을 수놓는다

기억할 수 없고
먼 세상 되는 날까지
남아 있을 추억을 담아!

어느 가을날 띄우는 편지

아름다운 추억을 담아서
가을을 수놓았습니다

고운 마음 사랑을 담아
그대에게 띄웁니다

보고 계시나요?

한 번뿐인 삶 전부를 걸고
해바라기 꽃으로 피었습니다

이별은 또 하나의 만남을
위한 것이라지요

긴 세월은 내게 이렇게 말을 합니다
눈에 보이는 것이
전부는 아니라고요!

그렇습니다
아픈 이별 뒤 끝인 줄만 알았던 진실은
이렇게 시간이 흘러도 여전합니다

가슴 깊이 묻어 둔 그 한마디
오래오래 행복하세요
지금도 소중한 내 사람이니까!

제3장

또 하나의 침묵

외로운 강을
말없이 지키고 있는
나룻배의 긴 한숨 소리

그리고

슬픈 눈물은
누굴 기다리는 아픔인가?

반쪽이

빨간 등대를 따라 도는 세월은
고장도 안 나고 잘도 가는데

새벽을 안고 우는
멈춰진 내 벽시계는
너의 사랑을 잃어버린
반쪽이가 되어있다

눈도 반쪽
마음도 반쪽
머리도 반쪽이가 된 바보를

아마도 저 반달은 알 수 있을 거야
저를 닮은 이 심정을!

비움의 시간

쓸쓸한 물안개 젖은 눈빛
메마른 겨움이 스치듯 지나가도
나는 너를 안고 도는 물레방아.

언제나 뜨는 달은 청정한 세월의
한을 안고 돌아가는데

어깨에 내리는 고독한 역마의 바람
그리고 또 하나의 외로운 초겨울 문턱에는
초점 잃은 등대가 파초에 아픔처럼 다가오지만

거기에는 이젠 아무도 없다

허공에 나부끼는 풀 먼지가 자욱한
갯바위에 걸터앉은 그리움뿐!

집시

깊은 산중 고로쇠 물을 찾아 헤매는
목마른 사냥꾼의 간절함을 아는가!

곱게 물든 단풍 사이로
속살 드러낸 하얀 구름의 여린 미소.

오라비 보고픈 설움에 돋는 그리움
찬바람 일어 떠나는 공허한 시간들.

겨울 준비 도토리 줍는 다람쥐
너도 나를 닮아 있구나

엄동설한 매서운 추위와 싸워야 하는….

가을 바람

제목 : 가을 바람
시낭송 : 김락호

스마트폰으로 **QR** 코드를 스캔하면 시낭송을 감상할 수 있습니다.

해진 들녘에 풀벌레 울음소리
깨 꽃송이 날리던 하얀 추억
위로받고 싶은 중년의 코스모스 바람은
쓸쓸한 산등성이를 오늘도 홀로 넘는다

새로운 정거장 앞에서 기다리는 시간은
어둠이 내려와 가로등 불빛에
이슬로 젖어드는 눈시울은 붉은데

너는 저 하늘에 반짝이는 은하수
나는 너를 바라만 보는 푸른 강물이었던가.

갈대숲을 거니는 슬픈 달그림자
품에 고이 안아다가 마음 안에
쉬게 하고픈 욕심은

낯선 이름의 창을 노크하듯이
두근거리며 먼 옛날 수줍은 볼 우물에
한자락 여운으로 내려앉는다

그리움이란 배 노를 저으며

외로운 가을을 스치는 밤의 연가.

고독한 날개를 펴고 나는 불나비는
자주색 옷고름을 적시는 눈물로
갈대 숲을 지나고
저녁노을 그림자로 서성이는
목마른 갈증이 내 마음에 눕는다

등 뒤에 숨어 울던 바람이
쓸쓸한 이름으로 태어나서
긴 터널을 지나며 비틀거리고
그대 향기에 취해버린 시간은
아침이 왔는데도 깨어날 줄을 모른다

행복은 손만 뻗으면 금세 잡힐 것도 같은데
답답함이 꼬무락대고 내려앉은
빈 가슴 언저리에 창을 열고

눈동자 속에 가만히 숨죽인 미소가
하얀 구름 배를 타고
그리움이란 노를 저으며 오고 있다

겨울새의 사랑 시

영롱하게 빛나는 별 하나
그대 가슴으로 내려앉아
사랑의 시가 되었네

초연의 봄은 따스한 입맞춤으로
서로의 만남을 반기며
사랑의 탑을 쌓아갈 때
마주 보며 속삭이던 목소리

아직도 하얀 바닷가 저 편
깍지 손잡고 거닐던 추억은 새로운데

어두운 밤하늘 꽃잎이
무언의 떨림으로 꽂히더니
우리 사랑의 시를 앗아가 버리고

젖은 눈망울은 겨울새가 되어
낯선 바람을 타고
시린 손 흔들며 멀어져 가는
또 다른 사랑 뱃노래.

어느 여름날의 추억

색 바랜 지난 여름은 가고
토실토실 살찐 칠팔월은 왔는데
퇴색하기 싫은 덥디더운 사랑은
오늘도 땀을 뻘뻘 흘리며 뛰어간다

저만치서 들려오는 매미 울음소리
맑은 시냇물 흐르는 소리
귀뚜라미 귀뚤귀뚤 장단 맞춰 울어대고

연실 사방에는 우거진 들풀 사이로
고개를 갸우뚱 내밀고 바라보는
작은 꽃송이들이 향기를 잃은 채
삶에 지친 누군가를 닮아가고 있다

어느 여름날의 오후는
눈꺼풀이 처진 채 내 마음도 몰라주고
기다리다 지친 아이가 보채 들 듯이
설움 많은 울보처럼 소낙비가 되어 내린다

기다림

들뜬 환희의 질주
싸이의 말춤을 추며
달리는 거리의 물결로
세상은 뒤흔들리고

들판에 널린 푸르름과
강물처럼 맑은 소리로
당신은 급히 달려오지만

나는 목마른 갈증으로
이미 말라죽은 샘물
돌이 되어 앉아있네

목을 빼고 기다리며
부서진 우리의 흔적을 고이 접은
종이학의 슬픈 눈물 천 년의 약속을 안고

당신의 발자국 따라 도는
은은한 방울꽃 향기로
머무는 시간이 되리라

멍

향이 짙은 노란 국화차를 마시며
햇살이 익어가는 그날 오후 나타나는
사해 바다를 넘는다

무엇이 그리운지도 모르면서
누군가 보고 싶고 울고 싶고
슬픈 것들로 가득 차오른다

그 생각 안에는 무엇이 담겨 있을까?

황량한 사막을 넘는 기분으로
그 이상도 그 이하도 아닌 너의 가슴을
붙잡고 뜨거운 모래 언덕을 넘는다

호기심 많은 어린아이처럼
보채고 바라는 것이 많아질 때면
그 자리에 누가 있는지 조용히 찾아가
강조하고 싶은 집착을 내려놓고 싶다

너에게

어느 날 우연히 다가온 행복
그건 바로 너였어
아니 사랑이었지

그렇게 사랑은 시작되고
많은 날을 함께하며
사계절 나누던 사랑
우리 가슴으로 느끼던 시간!

오늘도 그날처럼 보고 싶고
느끼고 싶고 안고 싶다
마음속에 간직했던 진실
못다 한 사랑을 다시 한 번만 더

눈 내리는 하얀 밤을
뜨겁게 불사르며
너와 나 둘만의 세상에
흠뻑 빠져들고 싶다

그래도 당신

아름다운 기억을 내려놓지 못하고
가슴 깊이 묻어 둔
우리의 약속은 어디쯤 가고 있을까?

9월이 가고 10월이 오면
고운 단풍도 사랑을 속삭이고
여인의 가을도 무르익어 갈 때

하얀 손 흔들며 다시 온다던 당신
어느 하늘 아래 어떤 모습으로
살고 있는지 바람에 기별을 넣어봅니다

돌아오는 길을 잃으셨는지 아니면
건망증이 벌써 눈을 가려놓았는지
그래도 기다림에 애타는 목소리 들으시고
사랑 찾아 길을 열어 오소서!

내일이 오면

단발머리 찰랑대던 소녀는
흐르는 세월 속에서
중년의 향기가 묻어나고

파도 같은 삶의 무게는
살아갈수록 깊어만 가는데
꿈틀거리며 일어서는 그리움

초록이 물들고 샛바람이
차갑게 부는 어느 날이면
가끔은 세상 어디에도 없는
그런 사랑을 나누고 싶다

오늘이 가고 내일이 오면
싱그런 아침 이슬 밟으며
햇살 같은 사람을 만나
가슴으로 이야기 나누며 걷고 싶다

그네

내 가슴에 숨어 잠자던 별 하나는
세월이 가도 늙지 않고
거울에 비치는 문학소녀의
추억이 되어 빛난다

초록 물감 들여서 큰 바다를 만들고
노랑 물감 색칠하여 나비와 꽃을 심어 놓고
희망찬 내일의 노래를 부르며

자운영 꽃밭에 마음을 활짝 열고 누워
하늘을 보며 기뻐하던 마음은
고운 기억의 꿈을 안고 가지만

나이를 잊은 시간은 그때처럼
여전히 멈추어 16살 그네를 탄다

마음

너무나 사랑하면서
그까짓 것
작은 서운함에
가슴 떨리고 미운 건 왜일까

너무 그리우면서
전화 한 통에
오해가 생기고
온종일 마음 졸이는 건 왜일까

가만히 생각해보니
널 너무나 사랑해서
내 마음이 가슴이
보고 싶은 투정을 했던 거야.

아직도 내가 모르는 것

나는 아직도 사랑을 모른다.

너무나 사랑하고 보고 싶은데
왜 마음과 말이 따로 노는지
정말 모를 때가 많지만

그것이 바로 사랑이라고
말하는 것을 전해 들은
귀가 아마도 공부를 잘못했을까?

아낌없이 주고 싶고
받고 싶고 다정하고
예쁜 모습으로 살고 싶은 생각이

가슴에서는 소용돌이치면서
바보가 되어버린 욕심쟁이는
아직도 모르는 사랑 앞에 용서를 빌어야겠다

추억의 메아리

어느 저녁 하늘 별이 내려와
이별의 아픔은 또 다른 만남의
새로운 시작이라고
속삭이며 위로해주던 그 말.

오늘은 그리움이 되고
기억의 도화지에는
추억이 곱게 물들어가는데

햇살이 눈부신 오후
하얀 모래밭에 두 발자국
어느 연인들의 사랑 노래인가

그 길 사이로 내미는 얼굴 하나
작은 물보라로 흩어지고
가슴 깊이 간직해온
수많았던 지난 이야기들을

종이배에 고이 접어
강물 위에 띄워 보내고
돌아서는 마음은 바람이어라

별이 되어

나는 별이 되고 싶다

어둡지 않고 외롭지도 않은
파란 하늘가 높이 떠서
바람이 불면 노래 부르고
비가 오면 맑은 소리로 이야기하고 싶다

구름송이 타고 숨바꼭질하며
낮에는 해와 같이
밤에는 달님과 함께
두려움 없는 시간에서 살고 싶다

그리고 나는 다시 태어나고 싶다
그대 가슴으로
그대 행복으로
그대의 영원한 사랑으로!

4월의 노래

이렇게 아름다운 날
부푼 마음에 명랑 꽃 피어
한 떨기 꽃잎이어라

그리운 이들이여!
고운 눈빛 마주하는 4월의 봄

오늘 하루 내게 주어진 시간이
얼마나 소중한지
가슴으로 느껴보라

그리고

사랑하는 사람들과 마주 앉아
주고받는 진실한 대화가
얼마나 행복한지 마음으로 느껴보라

긴 하루

보슬비 내려앉은 차창 너머
아직 고개도 가누지 못하고
얼굴을 내민 아기 보리 새싹들

논두렁 사이로 스쳐가는
알 수 없는 그리움은
그 사람 향기를 타고 달린다

정말 보고 싶은 얼굴이어서
지나가는 바람 소리에도
잠 못 이루던 날들

알고 있는가!

얼마나 깊은 사랑이었는지
붉은 연정 짊어지고 저물어가는
빈 가슴속 긴 하루를

비 오는 날엔

소낙비가
내리는 날이면
안개 같은 외로움이 운다

자꾸만
너의 창문을
서성이는 내가
두려워 마음으로 되뇌인다

말없이 돌아서자
그냥 지나쳐 가자
수없이 다짐하는 밤.

쓸쓸한
어깨 위로 빗줄기만
하염없이 쏟아져 내린다

안개비 연가

차가운 불빛 아래
사랑과 이별 연주곡
그리움만 남기고 떠난 사람아.

하얀 외로움이
기억의 창을 열고
뜨거운 심장을 더듬는 듯

째깍째깍 들려오는
시곗바늘 소리
긴 여름밤의 눈물이여!

아, 고독의 찬미
우리들의 지난날은
하나에서 열까지 온통 아픔이었네

애달프고도 슬픈
안개비 같은 사랑

그래도

쪽빛 하늘 흰 구름 사이로
추억은 손을 흔들고
외로움이 묻어나는 가을 들녘에
흔들리는 갈대의 얇은 소리

가시로 돋아난 슬픈 눈망울은
아직도 기다림에 흔적이 생생히 남아서
철 지난 바닷가 동화 속 소녀가 되어
이가 빠진 조가비와 긴 이야기를 나눈다

수시로 상념의 늪을 허우적거림은
내가 살아있다는 증거이며
내일의 희망이 곧 나를 지켜주리라

그래도 믿어보는 하루였다

고독

섬섬옥수 고운 손에
물레가 돈다

방아깨비 찌르르 울어대며
사랑놀이로 깊어가는 밤.

저 멀리 하얀 달그림자
별들의 노랫소리가 애처로운데

살며시 다가오는 당신의 그리움
아무도 모르게 가슴에 묻어두고

고개 숙인 내 영혼의 슬픔이여!
고개 숙인 내 영혼의 뜨거운 고독이어라

초로

노를 저어라

저 넓은 바다 폭풍의 언덕 너머
다소곳이 고개 숙인 채
세월을 따라가련다

배를 띄워라

푸른 물결 넘실대는 파도 따라
생의 아름다운 추억을 안고
물거품처럼 흘러가련다

하늘같은 사랑도
바다 같은 정도 목마름이로다

흘러 돌아가는 인생길
윤회의 굴레를 벗고
인연의 뜻을 두고
침묵으로 나 이제 가노라

그리움을 묻지 마라

욕망이 갈대처럼 흔들리다
술잔 속으로 쓰러지는 밤
고독한 비애는 눈물에 젖는다

차가운 거리의 불빛은
초라한 어둠을 밝히다가
그럭저럭 새로운 아침을 맞이하고

누구나 할 것 없이
외로움에 쫓기다 보면
마음은 벌써 먼 기약도 없는
기다림의 우산을 쓰고 비를 맞는다

때 묻은 책갈피 속에 추억
잊히지 않는 많은 생각이
꾸역꾸역 걸어 나오는 날이면
버거운 마음에 종이 울린다

아~
누구라도 그리움을 묻지 마라
이미 가슴은 파도에 휩싸였나니!

제4장

내 인생은 시

살아온 나이만큼

나를 닮아내는 시

그 고운 향기에

인생은 날마다 새롭다

인연

제목 : 인연
시낭송 : 박순애

스마트폰으로 **QR 코드**를 스캔하면 시낭송을 감상할 수 있습니다.

얼굴 이름 성도 다른 사람들이 만나고
헤어지는 순간 속에 우리는 얼마큼
많은 인연의 끈을 잡고 살아가는 걸까요?

어떤 인연은 삶의 활력소가 되어
날마다 행복한 미소를 짓게 하는가 하면
어떤 인연은 아픔으로 자리를 잡아
속을 끓이고 힘들어하며 살아가는 경우도 있습니다

그대들과 나는 그 인연 중
어떤 인연으로 만나서 무슨 추억을
만들고 있는지 생각에 잠겨봅니다.

제아무리 곱고 아름다운 꽃이라 해도
피었다 시들고 색과 그 향기는
각각 다르듯이 우리의 삶도
서로 다른 모습을 지니고 살아가지만

넉넉한 마음으로 감싸주고 보듬어주며
따뜻한 위로의 말과
진실한 대화 속에 사랑과 행복이
넘치는 소중한 인연으로 늘 머물고 싶습니다

아름다운 흔적

제목 : 아름다운 흔적
시낭송 : 김지원

스마트폰으로 QR 코드를 스캔하면 시낭송을 감상할 수 있습니다.

좁은 골목길 가로 등불은
밤 새 고독을 달래며
비바람에 흠뻑 젖는다.

어스름한 밤이 되면
저 가로등은 누구를 위해 피었다
새벽녘 동이 터올 때
누구를 위해 죽어가는가?

꼼짝없이 긴 세월 동안
보아주는 이도 없는데
원망 대신 묵묵함으로 지켜주는
배려와 사랑은 오늘도 계속되고 있다

이처럼 우리의 삶도
보이는 것보다 실천의 중요성을
먼저 생각하고 옮긴다면

잠시 왔다 가는 인생길에
사람 사는 정겨운 이야기로
아름다운 모습 고운 흔적을 남기게 될 것이다

사랑이란

눈을 뜨면 보이는 것들
눈을 감아도 생각나는 얼굴들
제아무리 아니라고 우겨 봐도
끈끈한 인연으로 맺어진 관계는
결국 사랑이라 말하리

주워 담을 수 없는 상처를 낳고
가슴 아픈 이야기들을 삭히고
서로 양보하고 인내하며 사는 세상에
우리는 얼마나 많은 사랑을 하는가?

소원하고 기대하며 바라는 것들
마음속 거울 앞에 무딘 행동
서서히 망각하고 살아가는 약속들
모두가 지난날은 아름다웠네

추운 겨울이 지나고 따스한 봄 마중
아지랑이 아물거리는 거리마다
새로운 날들의 고운 역사는 펼쳐진다

사랑을 주고 사랑을 받고
고마웠던 날들 행복했던 시간
돌이킬 수 없는 후회까지도

아~
나에게는 진정 사랑이었음을

아름다운 삶의 향기

누구에게 주려고 만들었나
못난이 마음 동그랗게

핑크빛 닮은 수줍음 안고
나이도 잊은 채 저벅저벅
당신에게 달려가고 있다

밤을 꼬박 새운 날.

동이 튼 하늘가에서
바람 잡고 놀던 하얀 구름이
내 눈가 미소 그윽한 세월을
마구 훔쳐 가려고 한다

더 늦기 전에 우리들의 시간을
잠시 묶어놓은 자리에는
젊음의 촛대 한 쌍이
나란히 불 밝히며 웃고 있는데

주어진 삶의 몫을
나눠 가진 당신 손에
밝은 희망을 가득 담아
소중한 인연으로 만들고 싶다

넓은 세상 같은 하늘을 바라보며
살아 있다는 것만으로도 즐겁고 행복한
또 다른 당신과 나의 색깔은

서로 닮은꼴을 형성하며
사랑의 노래를 부르리라

생각 중

춤을 추며
지나가는 꽃바람이
살짝궁 내게 윙크하며
사랑을 속삭입니다

봄을 노래하며
흘러가는 흰 구름도
햇살 같은 미소로 따스한
포옹을 하며 내게 안깁니다

일곱 빛깔 무지개는
무거운 몸과 마음에 힘을 주고
희망과 행복이란 미래를 약속하며
꿈을 실어줍니다

그럼. 나는
너희에게 어떤 선물을 할까
무엇으로 고마움에 보답할까

지금 생각 중입니다

침묵의 시간

하늘 아래 산이 있고 산 아래
물이 흘러 강으로
넓은 바다로 끝없이 모여든다

아름다운 사랑으로 맺어진
관계는 외로운 세상
버팀목이 되어 살아가고 있는데

남남처럼 바쁜 일상이 다람쥐
쳇바퀴 돌아가듯 하루 이틀
그리고 어제와 오늘이 가고 있다

내일이 오면 서로 앞에 어떤 것들이
또 다른 모습으로 손짓할는지
뒤뚱거리며 걸어가는
오리 사장의 지친 하루는
서산마루 해를 따라 눕는다

조용히 젖어드는 침묵의 시간도
같은 침실 속 등 돌린 어깨가
낯설지 않고 익숙해져 가는 현실의 무게여!

존재 이유

세상은 내가 존재할 때 아름답고
사랑은 네가 존재할 때 빛이 난다

우리 서로가 더 많은 행복을 추구하지만
빛바랜 낡은 사진 속에는 웃는 얼굴
모습 뒤로 외로운 그늘이 숨어있다

어느 순간 스치고 지나간 인연이지만
가끔은 너무나 그리워지는 정 때문에 눈물 흘리고
돌아선 마음에는 잘못한 후회만 늘 쌓인다

가을 나뭇잎 떨어지듯 가슴에 묻어 둔 상처가
오늘은 바람에 날아가 어디론가 떨어진다면
맑은 물 소리로 하얀 구름이 되어 흘러가거라

다시는 살아가는 존재가 슬프지 않고
아픔이 없는 소중한 삶의 이유가 되어라!

달빛 소나타

밤새 홀로 우는 가슴아!

너만 외로운 게 아니라도
말해주고 싶은데
두 눈에 이슬 맺혀 흐른다

가을날에 달빛 소나타
우린 서로 닮아버린 지금
작은 마음속 구르는 아픈 조각들

때론 두렵고 슬펐던 기억이
지친 어깨를 누르고 앉아
잠시나마 행복한 꿈을 깨우고 있다

정들자 이별이라고 했던가!

어디서부터 잘못된 선택이었는지
알 수 없고 볼 수도 없지만
허망한 가을이 지나고
더 추운 겨울이 오기 전에

부질없는 욕심으로 가득 찬
지난날 생각을 지우고
단 한 번만이라도
단풍 같은 사랑을 나누고 싶다

꿈 이야기

지지리도 가난한 마음이 울면
허기진 배는 눈물로 채우고
빈 가슴은 그리움으로 채워야 했다

풀어 놓을 것이 너무 많아서
때론 시리고 아픈 척 뒤척이며
졸고 있는 낙서장의 비밀도

기어코 외로움에 물들어 버린 채
오늘 하루가 지나가고
어두운 밤을 서성이게 하는
너의 환영은 끝내 아침을 부른다

가만히 기대고 싶던 너의 어깨가
낯선 사람의 체온으로 가물거리고
생각만으로도 벅차던 날들의 흔적은
작은 모래성같이 파도에 휩싸인다

그리고 수많은 시간 속에
묻혀버린 우리들의 이야기는
결국 사랑도 이별도 모두가
지난 꿈이 되고 추억이 되고야 만다

오뚝이의 삶

지난날의 미움 그리움까지도
다 지울 수 있다고 생각하며
어제 오늘을 살다가 내일이 찾아오면
또 다시 무엇을 갈망할는지

허구가 깃든 마음과
구멍 난 가슴에 가두어 둔 이야기가
하루하루 좀먹어가고

가느다란 실마리를 잡고 일어서서
누군가를 사랑하던 기억 속으로
다시금 다가서고 싶은 충동은

설사 그 늪 속으로 빠져들어
허우적대다 나올망정
그 순간만은 무작정 빠져들고 싶다

그러나 생각이 죽고 마음이 죽고
가슴이 죽어가는 오늘일지라도
새로운 도전을 위해 나는 날마다 다시 태어난다

로날드와 닮은꼴

테라스에 마주 앉은 다정한 눈빛
어제같이 뚜렷한 기억을 회상하며
고개 숙인 눈시울을 촉촉이 젖어드는데

망각의 슬픈 노래로 밀어내고픈
주저앉은 우리의 추억을 만져본다

미운 시간을 생각하는 주머니가
얼굴을 내밀고 내게 달려드는 것은
아직도 너를 한 쪽 가슴에
숨소리로 간직하고 있는 까닭일텐데

여전히 아침 창가에 비추는
햇살 같은 미소가 아주 가끔은
거울 속에서 나를 보는 바보가 되어

분명 나로 하여금 잊지 못할 핑계의
마술을 걸어오는 심술난 개구쟁이
로날드와 닮아 있는 것만 같다

자기야

참 사랑과 큰 믿음을 주는 자기
기쁨과 행복 그리고 웃음을 주는 자기야.

그러나 나는 드릴 것은 마음밖에 없답니다

세상에서 가장 아름다운 진실과
산소 같은 사랑을 드릴게요

나중에라도 그 마음 변치 않도록
약속된 코팅을 하였습니다.

비가 오나 눈이 오나 바람 불어도
젖지도 않고 흔들리지 않을 테니까요

아참, 또 하나
낮이나 밤이나 어둠 속에서도
빛나는 사랑의 형광판으로 넣었습니다.

가깝고도 먼 거리에서도 볼 수 있는
장점을 보안해서 특수 제작했으니
자기야는 걱정하지 마세요

아무런 염려 마시고 그냥
예전 그대로 저만 믿고 쭈~욱
사랑하시면 됩니다

있잖아

그래 있잖아!

사랑도 있고 행복도
있고 우리의 꿈과
미래의 희망이 있잖아

그리고 또 있잖아!

아름다운 세상을
볼 수 있고 그리운 사람
목소리를 들을 수 있고 정다운
이야기 나눌 수 있는 무안한 기쁨

생각해보니 우리 곁에는
소중한 게
너무 많이 있는 것 같아

같이 할 수 있는 마음과
보듬어 줄 수 있는 가슴으로
서로 돕고 실천하며 생각할 수 있는 것들

사람이라서 누릴 수 있는
최상의 유일한 특권

이렇게 좋은 것들이 있지만
가끔은 우리의 눈과 귀는
가려지고 생각조차 희미해져서
옳은 것을 보지 못하지

하지만 오늘부터 있잖아!

우리 최선을
다해 열심히 살자
아니, 꼭 그렇게 살아가자

영심이의 하루는

거울 앞에 서서 온종일
고민하는 영심이 무엇 때문일까요

알고 보니 참 쉽네요!

어떤 옷을 입어야
아랫배 나온 걸 감출 수 있을까

어떤 바지를 입어야
그나마 엉덩이가 작아 보일까

또 어떤 메이크업을 해야
주름살 안 보이고 예쁜 얼굴로
젊어 보일까 하고 고민을 하는 모습

바로 그 영심이는 우리 자신이죠
하지만 고민할 필요 없습니다

분명 자신만의 독특한 매력이 있고
요즘은 자기 피알 시대이니만큼
나만의 개성이 중요하니까요

어떠하신가요?

지금도 무엇을 입을까
어떤 게 더 멋있어 보일까 하고
고민 중이라면 꽉 붙들어 놓으세요

아주 당당하고 용감한 중년의
사랑과 멋을 즐기시고 남의 눈치 보다
나중에 후회하는 일이 없도록

씩씩하고 아름다운
영심이가 되어 보세요
그래야 세상은 아름답습니다
영심이를 응원할게요~

내일의 꿈

어제는 과거의 슬픔이 되살아나
눈물로 샤워하는 날이었습니다

오늘은 어두운 기억의 망상으로
심장이 터질 듯 숨이 막히는 날입니다

그러나

내일의 희망은
미래 아름다운 행복과
나란히 어깨동무하고
친구 하자며 반가운 손짓을 합니다

나는 멋진 약속의 사인을 받아
머리맡에 걸어 놓았습니다

자다가도 문득 깨어서 가슴 벅찬
생각으로 입가에 미소를 지어보고
다시 잠이 들곤 합니다

잠을 잊고 시달리던 때가 엊그제
같은데 이젠 날마다 곱고
아름다운 생각으로 가득합니다

친구야

사무치게 보고 싶은 얼굴
사랑하는 친구들이 생각날 땐
하얀 종이비행기 접어서

하늘 높이 띄워 보내고
조용한 호숫가에 앉아
바람 편에라도 안부를 전하고 싶은 날.

어디에선가 오늘처럼
내 소식 궁금하고 그리워서
같은 하늘 바라보고 있을 친구야

마음은 하나인데 우리는
바쁜 시간 속에 추억을 묻고
삶의 나이가 무르익어간다

아름다운 마음의 길

볼 수도 없고 만질 수도 없지만
언제나 열려 있는 우리 마음은
해맑은 물처럼 고요하게
또 하나의 세상이 살아 숨 쉬는 공간이다

어떻게 가꾸느냐에 따라서
인생은 달라질 수 있으므로
모나지 않고 병들지 않게
고운 마음의 그림을 그려야 한다

주어진 일에 최선을 다하며
같은 하늘 아래서 살아
숨 쉬는 것만으로도
행복하다고 미소 짓는 사람도 있고

똑같은 시간에 부대끼고 힘든
세월을 살면서 그늘진 얼굴로
불평불만이 많은 사람들도 있다

우리는 어느 쪽 길을 택할 것인가?

정답은 말하지 않아도 잘 알고
있지만 가끔 마음과는 다르게
행동을 하고 살아갈 때가 더러는 있다

오늘 하루도 소중한 삶을 살아가고
사랑하는 사람들과 함께 하는
지금 이 순간이 놀라운 기적이다

윤회의 굴레처럼 반복되는 일상에서
지쳐가는 마음속에
사랑이란 아름답고 멋진 하우스를 만들어 주자

변신

끝없이 맑고 파란 하늘길을
따라가다 보면
높은 그곳에는 무엇이 있을까?

살랑대는 바람의 손짓에 길을 물어
답답하던 시간의 문을 열고
마음껏 날아가고 싶은 허기진 6월의 밤이어라.

세상을 살다 보니 얻는 것보다
내려놓아야 하는 것이 더 많음을
알게 되는 지금 이 순간 남몰래 흘린 눈물
강이 되어도 노하지 않으리

하늘이 노랗고 바다가 까맣게 보여
모든 것의 변화는 놀랍고 당황스럽게 될지라도
그저 그러려니 하고
나 이제 먼저 아파하거나 힘들지 않으리라

그리고 변신의 자유를 선포하노라!

허심탄회하게 의논하며 대화할 수 있는
자리에 있음을 감사하고
내 생에 하고 싶었던 일과
못다 이룬 꿈을 향하여 날마다 조금씩
나가는 열정을 손수 실천하면서
보상 심리에 얽매여 살지 않을 것이다

함께하는 우리는

소화도 안 되는 욕심이 차서
배탈이 났지만
건망증이 심한 마음이
또 과식하고 말았습니다

예전에는 약을 먹고 나았지만
이번에는 소화불량으로
병원에 입원까지 하고 누웠습니다

찌는 여름날 내린 소낙비에
가슴은 젖고 생각도 젖어
눅눅함이 스며들지만

고추잠자리가 춤을 추고
코스모스 향기 물씬 풍기는
초가을 문턱에서
깨달음의 링거를 맞고 다시 일어서는 지금

그래도 다행히 혼자가 아닌
우리라는 의미에 힘을 주는
영양제 같은 친구가 있어 기운이 납니다

함께 할 수 있는 작은 공간에서
서로 위안으로 삼고 위로를 하며
살아가는 것도 소중한 인연입니다

풍성한 고유의 명절 한가위를 맞아
같은 자리는 아닐지라도
즐겁고 행복한 시간 되시기를 기원합니다

천 년 사랑

어두운 창가에 내려앉은
환한 달님의 미소는
한결같은 당신의 마음 같습니다

언제 어디서나 내 편이 되어주는
고마운 당신이기에
오늘도 포근한 가슴에 안기고 싶습니다

그런 당신께 줄 수 있는 것은
진실한 마음 하나밖에 없어서
미안하고 또 미안합니다

들판에 곡식이 익어가듯
우리 나이도 익어가는데
풋풋한 소녀 같은 기분으로
살아가고픈 욕심은 날로 커져만 가니
세월이 거꾸로 가는 것 같지만

그래도 귀엽고 예쁘다 칭찬해주는
당신 또한 소년이 된 기분이라서
행복하다니 정말 다행입니다

날마다 새롭게 맞이하는 아침
저녁에는 황금빛 노을을 타고
마주 볼 수 있는 당신과 나이기에
감사의 기도를 드립니다

천년 후에도 우리 사랑 영원하기를.

꼭 필요합니다

가을 하늘 아래 단풍은 물들어가는데
저 산 밑에 홀로 우는 시냇물은
누구의 그리움을 안고 하염없이
어디론가 흘러만 가는 걸까요

우리 가슴에는 사랑과 정이 흐르고
본 적도 들은 적도 없는 이름은
소중한 인연이 되어 조석으로
인사를 나누는 친구가 되었지요

반가는 소리는 닫힌 귀를 열어주고
고마운 글은 감긴 눈을 뜨게 합니다

다 같이 더불어 살아가는 우리는
이젠 외롭지 않기로 해요

서운하고 아쉬운 중년을 노래하며
길가에 한들한들 피어있는 꽃잎만 봐도
절로 이야기를 나누고 싶은 마음 한구석에는
노란 아기단풍 같은 순수함이 아직도 남아있지요

부르지 않고 손짓하지 않아도
알 수 있는 우정 같은 그리움
저녁 해에 물들어가는 서로의 지친 하루를
살며시 어루만져 줄 수 있는 다정한 손길이
가끔은 필요할 때입니다

그날이 오기까지

제목 : 그날이 오기까지
시낭송 : 김락호
스마트폰으로 QR 코드를 스캔하면 시낭송을 감상할 수 있습니다.

그때는 작은 것에도 마냥 행복했었다
정말 그때는 그랬었다

세월 흐른 지금도 가끔 걸어가는 그 길은
변함없이 그대로인데
우리는 너무 많이 변해있었고
서로 생각이 다르다는 것을 이제는 알 수 있다

닮은 것이 아주 많다고
많을 것이라고 느꼈는데
지금은 졸음 낀 착각을 주워 담는다

두리번거리면서 찾을 필요 없이
바로 눈앞에 보이던 그때는
왜 간절한 것을 몰랐었는지

앞으로 얼마나 많은 시간이 흘러서야
나는 너의 존재를 너는 나의 이상을
다시 필요로 할지를 꿈꿔 본다

등 굽어 지팡이가 친구 되고
틀니가 잇몸을 보이며 웃을 때쯤
세월을 원망하지 않게 속 시원한 정답을 쓴
답안지를 펼치고 싶다

126

그리워지는 것들

사랑의 그리움은
눈물에 젖고 이별의
아픔은 슬픔에 젖는다

마음은 공허한 바람에
날리고 추억은 하얀
구름 사이로 흘러간다

녹슨 철길 위로
영혼의 기차를
타고 달리는 긴 여행

그토록 보고 싶은
사람들의 얼굴을
차창에 그려보지만
뿌연 안개만 눈앞을 가린다

시간은 점점 우리의
기억을 희미하게
만들어 놓고 세월의
잔여물은 가슴에서 녹아내린다

행복 만들기

말간 햇살이 창문 틈 사이로
윙크하며 속삭입니다

좋은 아침이야!
어서 일어나 오늘 하루 잘 지내보자

고마운 인사를 받으며
밝은 생각으로 깨어나 미소 짓는
기분 좋은 아침입니다

날마다 사랑과 힘을 실어주는
친구들에게 나는 무엇을 해줄까
생각하다 행복을 요리합니다

뚝딱뚝딱 맛깔스러운 노란색으로
희망을 만들어 예쁜 접시에 담고

안정감 있는 초록색으로는
정성스레 편지를 써서 접어놓고

정열적인 빨간색은
서로의 마음을 모아 사랑을 만들었습니다

참깨 들깨 듬뿍 넣어 고운 채로 받쳐
시기와 질투는 거르고
분하고 악한 눈초리도 내리고

다 같이 이해하고 양보하며
소박하고 아름답게 요리한
행복을 저녁 밥상에 올립니다

바쁜 일과에 힘들고 지친
소중하고 멋진 친구를 위해
포근한 꽃 침대를 만들었으니

별님과 달님이 지켜주는 이 밤
좋은 꿈꾸고 내일을 위해 편히 쉬어요
안녕~

고독한 트라우마

오늘 밤하늘에 달이 없다 해도
세상은 뒤집히지 않을 테니
잠시 너에게 사랑을 띄워 보낸다

어두운 마음의 심지를 밝히고
길 잃은 너의 생각을 비추어
달덩이 같은 마음 되어 오려무나

까닭 없이 우는 수탉을 보았느냐
이유 없이 짖는 개를 보았느냐!

너와 나는 수탉 견도 아니면서
물고 할퀴며 싸워대니
어찌 아니 슬프고 힘들 손가.

바람 앞에 등불 같은 너
결국 그 자리에 난 버티다 못해
마음의 닻을 내린다

이젠 너만 흘러가거라

달님을 기다리는 하늘로
그간에 정도 더불어 보내고 나니
빈털터리가 된 가슴이지만
고로! 외롭지 않으련다

제5장

숨바꼭질

가위 바위 보

하늘과 바다는

숨바꼭질 놀이를 한다

그럼, 술래는 누구일까?

긴 시나리오를 쓰며

정전이 되어버린 머릿속의
까만 생각들은 30촉 전구에서
새어 나오던 빛마저 차단해 버렸다

거리마다 화려한 불빛
네온사인
많은 인파의 물결

아~
나는 지금 어디에 서있는가

홀로 지새우는 밤을 안고
누울 자리를 찾아 더듬어 보지만
언제나 그랬듯이 허공에 비애만 쌓인다

손가락 사이에 끼어 아픈 소리로 남은
너와 나의 약속 하나가
아직도 미궁에 빠진 채
기다림 반 설렘 반으로 긴 시나리오를 쓰고 있다

아름다운 기도

나무에 앉은 새 한 마리
지친 날개를 접고
밤새워 울고 있네

어디에서 왔기에
서러운 눈물 흘리며
짝을 찾고 있을까

그리운 날들의 기억이
노을 속으로
사라져 가는 저녁

가엾은 작은 새도
그리운 임이
보고 싶어 울고 있구나

우리 서로 아픔을
노래하는 오늘
눈을 감고 기도하자

또 다른 우리의
아름다운
사랑을 위하여!

꽃잎 사랑

그대 오시는 길
고운 꽃잎 띄워
마중을 하는 마음은

가을이 오기도 전에
벌써 설레고
부드럽게 타오르고 있습니다

하얀 구름 위에
조각조각
예쁜 편지를 쓰고

조심스레 열어보는
지난 시간은
못다 한 이야기로
가득 쌓입니다

수줍게 피어나던
여린 내 가슴도
온종일
행복한 사랑으로 젖어듭니다

사랑해요

그대 머리맡에 그리움으로 물든
하루를 고스란히 걸어두고

그대 가슴속엔 사랑의 애탄 조각
무늬마다 새겨 넣었습니다

소녀 같은 봄을 지나
사춘기 같은 여름
중년 같은
가을이 왔습니다

그대 사랑하는 마음도
계절마다 느낌이 다르고
표현의 언어들도 다릅니다

그러나 그대를 사랑하는
진실만은 사계절
변함없이 그대로입니다

사랑한다는 말로는
모자람이 많아서
그대
영혼까지 사랑합니다

늦어도 괜찮아

조용히 비는 내리고
밤은 깊어가는데
소식도 없는 너의
그리움은 잠 못 이룬다

가만히 내려다보는
전화기 속 웃는 모습은
여전히 다정한데

마음의 문을 닫은 채
멀어져 간 너를
생각하고
생각해봤지만 알 수 없는
답답함이 쏟아진다

하염없는 기다림과
가슴으로 얘기를 나눈다

늦어도 괜찮아
내 사랑 너이기에
다시 볼 수만 있다면!

9월의 사랑

그리워진다

사이사이 비켜간
많은 것들의 대한
미련과 아쉬움

이대로 세상이
멈춘다 해도
다시는 못 올 것만 같아서

집착하고 힘들었던
사랑의 기억도
다 지나간 시간이 되고

코스모스 핀 길가
9월의 꽃잎은
내게 있어 첫사랑을
더듬어보는 추억이다

사랑하는 사람아

때론 힘겨운 시간도 지나고 나면
다 그러려니 하는 것이
우리네 인생인 것 같습니다

너무 큰 사랑이어서 가끔은 무겁고
힘들 때도 있지만
그래도 행복한 마음이 더 크기에

눈에 보이는 것에 집착하고
연연하기보다는 믿음으로
지키고 싶은 우리 사랑입니다

세상에서 유일하게 내가 의지하고 싶은
단 한 사람은
사랑하는 당신뿐입니다

가끔은 흐린 날도 맑은 날도
눈 오는 날도 있겠지만
비 온 뒤에 아름다운 무지개가 뜨듯이

작은 것도 나눠가며
큰 만족으로 보듬어 안고 평생
바라보는 친구 같은 연인이 되고 싶습니다

바람 같은 당신

유리알 같은 당신은
바람 같아서
이리저리 떠도는
철새와 같습니다

거울 같은
내 마음도 어느새
구름이 되어
당신을 따라갑니다

서로의 생각과
느낌은 다르지만
사랑하고
보고 싶은 건 같을 텐데

계절의 모퉁이에서
인사도 없이
멀어져 가고 있습니다

수많은 시간이 흐르면
고왔던
우리의 추억도
그리울 때가 있을까요?

약속

이 세상 어떤 것도
부러울 것이 없었고
전부를 가진 것처럼
행복했던 지난날!

둘만의 순간들을
놓치고 싶지 않아서
하루해는 짧았고
시간이 흘러도
더해만 가던 사랑인데

세월을 이기지 못하고
바람이 되어 버린
나의 반쪽

고운 꽃잎 시계
손목에 걸고 약속 한
가을은 왔는데
홀로 걸어가는 공원 길

나의 노래

수줍던 어린 시절
고운 눈동자에
담긴 첫사랑의 꽃망울

중년이 되어 펼쳐보니
그리운 이야기는
시간을 거슬러 올라갑니다

내 인생에 이렇게
아름다운 날이 있었던가?
뒤돌아볼 여유도 없이

세월은 여기까지 나를
데려다 놓고
다시금 먼 방랑자가 되어

홀로 달리기를 하며
초가을 문턱에서
바람 같은 질주를 합니다

고운 눈망울에 담긴
첫사랑의 눈망울

내 삶의 노래도
9월 속으로 묻혀갑니다

구름아 너는

외로운 것인지
아니면 슬픈 것인지
말없이 떠가는 하얀 구름

바람에 실려
보고 싶은 누군가를
찾아가는
노을빛 외로움

어디까지 흘러가는지
알 수 없는
집시 같은 눈물이

방울방울
가을 하늘에
맺혀 흐르는 날

그리움으로 물든
작은 우산이
되어 주고 싶다

희디흰 속살 같은
저 구름옷
젖지 않게!

내가 사는 이유

욕심만큼 많이 바란 적도 없고
챙기지도 못했는데

인생이란
돛단배를 타고 항해하며
밀물과 썰물에 휩싸여
중심을 잃고 헤맨 적이
몇 번이나 있었던가

오뚝이같이 일어서고
다시 넘어지며
반복되는 시간 속에
지금 이 자리를 지키고 있는 것

하지만
내가 사는 이유
그 이유는?

사랑 그리고 너에게…

김미경 시집

초판 1쇄 : 2015년 10월 20일

지 은 이 : 김미경

펴 낸 이 : 김락호

디자인 편집 : 이은희

기 획 : 시사랑음악사랑

인 쇄 : 청룡

연 락 처 : 1899-1341

홈페이지 주소 : www.poemmusic.net

E-Mail : poemarts@hanmail.net

정가 : 12,000원

ISBN : 979-11-86373-20-0